粉紅色的小鐵馬

管家琪◎文　陳維霖◎圖

在閱讀中培養智慧與能力

推薦序／許建崑（東海大學中文系教授）

管家琪多情又善感，她以陪伴孩子成長的經歷，寫活了童話與生活故事。等孩子長大了，她寫一系列少女小說，大受歡迎；後來又轉型改寫古今名著、歷史小說、成語故事和作文指導等書。能以淺顯易懂又具有現代語感的文字與讀者對談，是她的擅長，因為她懂得讀者內心的渴盼。

新近，她有個寫作計畫，要以一組低、中年級的小朋友，輪流擔任故事主角，在平凡易處的家庭與校園生活中，去思考人際互動關係，培養解決問題的能力，來豐富小讀者的生活經驗與處世智慧。這套書預計出版十冊，每本都隱藏一個「美德」的議題，也包含了「應變」的能力。

首波出版三冊。第一冊《膽子訓練營》，寫新來的同學丹禎幻想有個「隱形朋友」，同學們既害怕又想目睹。班長巧慧如何揭開謎團？陳老師又如何理解事情原委？第二冊《勇敢的公主》，班上同學參與話劇比賽的選題、分配角色，遇到劇目與他班相同時，如何解決問題？如何順利演出？「同心合作」是成功之途，遇上突發狀況，還得以「機智」與「理性」去排解。第三冊寫繽繽的《粉紅色的小鐵馬》，日有所思，夜有所夢，繽繽如何克服困難，騎上自己的腳踏車？抒情又幻夢的筆法，體諒孩子的畏怯，也大大鼓舞了孩子的信心。

最值得注意的，故事中班導陳老師陪伴這群孩子生活學習，有耐心，有智慧，也給了自己思考與成長的空間。這是管家琪的深思熟慮吧！她改寫傳統而萬能的老師形象，也提供了教學現場一個省思的機會！

自序／管家琪

一心一意，堅持不懈

芸芸眾生，高智商的人絕對是少數，況且高智商不一定就表示高成就。看看各行各業傑出人物的奮鬥歷程，我們就會發現，這些傑出人物往往都有兩個特質，第一，都具有所謂「成功者的性格」，也就是積極樂觀，永遠天天向上；其次，他們往往都是屬於早慧型，很早就找到了自己的方向。更難得的是，在認準方向之後能夠一心一意，堅持不懈地努力，最後終有所成。

無怪乎會有「堅持就是勝利」以及「天才即耐心」這樣的說法。「千里之行，始於足下」，只要你的方向是正確的，接下來又能夠耐著性子一步一腳印地慢慢累積，假以時日，怎麼會看不到成果呢？就算我們沒有很高的天資，但只要在認定方向之後，能夠堅持努力，還是很有可能做出一番成績的。所謂勤能補拙，想要「補拙」，靠的就是一貫的堅持啊。

目錄

夢中的小馬

放眼望去，四周都是白茫茫的一片。

繽繽走著走著，心裡感到很糊塗。

「奇怪，這裡是哪裡啊？」她完全沒有概念。

又走了一會兒，她慢慢看清楚了原來自己是走在一個偌大的森林裡，抬頭仰望，還可以隱約看到一點樹頂。這

裡全是參天大樹啊。

身邊響起一陣輕輕的、悅耳的鈴鐺聲，繽繽這才突然發現原來自己的身旁有一匹小馬，原來自己是正牽著一匹小馬走著。仔細一看，啊，原來這是一匹粉紅色的小馬，渾身上下的毛都是粉紅色的，看起來好可愛。繽繽停下來，伸手一摸，覺得小馬身上的毛摸起來很柔軟，就像絨毛玩具似的。小馬的韁繩也很漂亮，在棕色的韁繩上綴著一個又一個的鈴鐺，難怪走著走著會發出那麼好聽的聲音。

繽繽再朝小馬的腦袋看過去，這才發現小馬居然也正把頭轉過來看著自己呢，一雙大眼睛烏溜溜的，看起來好和善，也好有感情。

繽繽心想，啊，這麼可愛的小馬，我怎麼是牽著它呢？我應該騎上去嘛，看起來要爬上去應該也不是太難才對——

正這麼想著，繽繽突然又想到，不對，我根本就不會騎馬呀！

就在這個時候——

「鈴鈴鈴鈴！」

小馬轡繩上的鈴鐺突然瘋狂的大搖特搖起來，發出好大好大好刺耳好刺耳的聲音……

繽繽悠悠醒轉，緩緩意識到原來剛才是在做夢。

稍後，繽繽在吃早餐的時候，跟大家說：「我做了一個夢，夢到我牽著一匹很可愛的粉紅色的小馬。」

「粉紅色的小馬？」媽媽說：「你小的時候是有一個粉紅色的小馬呀，是一個搖搖椅。」

「對，我也記得。」爸爸也說：「還是你自己挑的，在玩具店你一看到就要爬上去，然後就不肯下來。」

對呀，繽繽也想起來了，大概在三、四歲的時候，她是有一個搖搖椅，就是做成一匹粉紅色小馬的樣子。繽繽還記得那個時候自己每天都要坐在那個搖搖椅上看動畫片。

「後來那個搖搖椅到哪裡去了？」繽繽問。

「壞了呀，」奶奶接口道，並且走過來把一個煎蛋放在繽繽面前，「乖，快吃吧。」

爸爸說：「不過，你還有一個小鐵馬沒壞。」爸爸的意思是指腳踏車；爸爸說他們以前都是把腳踏車叫成是「鐵馬」的。

媽媽說：「咦，說起來那個腳踏車也是粉紅色的色調。」

是啊，繽繽也記得，不但座椅是粉紅色的，骨架和把手也是粉紅色的，在兩個把手下方還有粉紅色的流蘇。

爸爸又對繽繽說：「說起來，暑假快到了，你要不要趁著假期學會騎腳踏車？」

繽繽聽爸爸這麼一說，不禁很快就臉紅了。

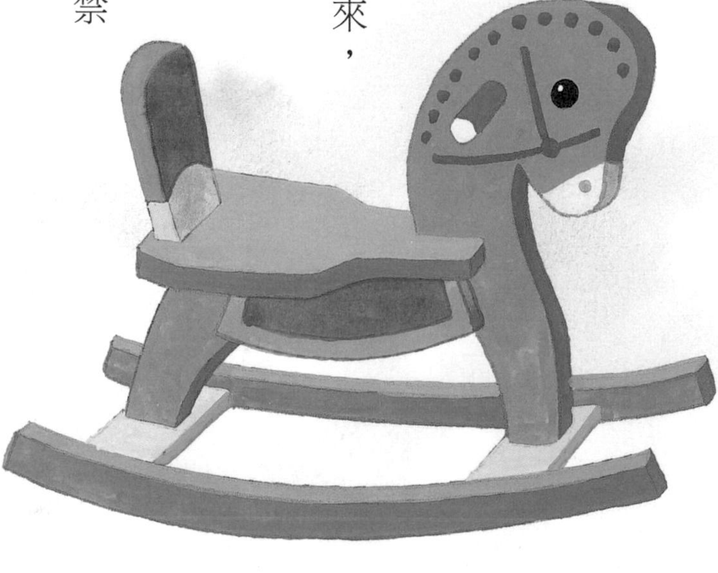

生日禮物

那個粉紅色的小鐵馬是繽繽半年多前過生日時候的生日禮物。這是繽繽自己要求的生日禮物。

就在繽繽快要過生日的時候，有一天，繽繽放學回來，隆重宣布：「我想要一個腳踏車！」

媽媽說：「可是你又不會騎腳踏車。」

「我可以學嘛，大家都說腳踏車很好學，摔個幾次就會了。」

這天，在學校裡和同學們閒聊的時候，繽繽突然發現原來大家都會騎腳踏車，巧慧會騎，李樂淘會騎，李家富會騎，黃靜敏會騎，張子揚會騎……真的，大家都會騎，就她一個人不會！

繽繽有一種頗受刺激的感覺。

所以，繽繽趕快又跑去跟爸爸說：「爸爸，我想學騎腳踏車！」

「好啊。」爸爸一口就答應了，「那我們得先給你買

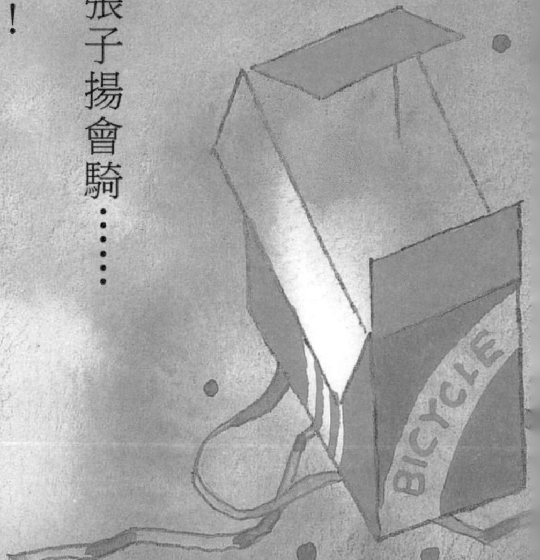

一輛腳踏車。」

繽繽便進一步表示：「那乾脆今年我的生日禮物就送我腳踏車吧。」

本來媽媽不太贊成，覺得繽繽反正都是坐公車上學，就算會騎腳踏車，用到的機會也不大；媽媽可不放心讓寶貝騎車上學，儘管只有四站的距離，她也不願意，畢竟馬路如虎口啊，小孩子騎著腳踏車上路實在是太危險了。爸爸也不打算讓繽繽騎腳踏車上學，爸爸只是認為繽繽的性情有些偏靜，平常對運動都不怎麼感興趣，如果會騎腳踏

車，周末假日在附近公園騎騎腳踏車、晒晒太陽，也很好啊，難得繽繽自己主動提出來想要學騎腳踏車，他們當然要支持。

後來，爸爸說服了奶奶和媽媽，並且帶著繽繽上街，讓繽繽自己去挑一輛腳踏車。在腳踏車店裡，從一排可愛的適合小朋友所騎的腳踏車裡面，繽繽一眼就看中了這輛粉紅色的腳踏車。

繽繽還記得自己那天在推著腳踏車回家的時候，一路上是多麼的興奮，一方面真恨不得立刻就能騎著腳踏車到處溜達，一方面好像也已經能夠想像出自己騎著腳踏車到處溜達，那是多麼的愜意！第二天剛好是一個禮拜天，她還一大早就跳下床跑去拉爸爸起床，興致勃勃的要爸爸帶自己去公園教自己騎腳踏車。

沒想到後來因為摔了一大跤，右膝蓋磨破了一大片皮，還流了血，繽繽當場哇哇大哭，那顆熱切的心也就這樣迅速冷卻。後來爸爸多次提起要再陪繽繽去練腳踏車，繽繽都死活不肯，那輛粉紅色的腳踏車就這樣一直被冷落在儲藏室裡……

爸爸猜測繽繽之所以會夢到牽著粉紅色的小馬一定是一種心裡暗示，提醒自己已經很久沒碰那輛粉紅色的腳踏車啦，爸爸說，這就是「日有所思，夜有所夢」嘛。

如果按照「日有所思，夜有所夢」這個邏輯，繽繽自我分析，覺得自己之所以會做這個有著粉紅色小馬的夢，一定是因為前一天陳老師的語文課。

分享

那天，陳老師又把語文課拿來上「分享課」。

陳老師問大家：「想想看，二十年後的你，會是什麼樣子？會在做什麼？」

現在大家是小四，實歲應該都是十歲左右，那麼二十年後應該是——

李樂淘首先第一個叫起來：「哇！好老喔！」

這可真教陳老師哭笑不得，陳老師快要滿三十了但還不

到三十歲呢。

「三十歲老什麼，一點也不老啦！只要心態好，永遠都不老，」陳老師說：「想想看，三十歲的你們，那個時候會在做什麼呢？」

李樂淘又說：「希望不會還在念書！」

李樂淘有一個表哥，都快四十歲了還在念書，李樂淘覺得那麼老了居然還要被老師管，實在是很恐怖。

陳老師說：「今天的家庭作業要寫一篇作文，題目就叫做〈二十年後的我〉，希望大家都能用心的想，並且用心的寫，不要一開口就是將來要當科學家、企業家，或是這個家那個家的，職業無貴賤，只要是憑著自己的勞動，每一個工作都是可敬的，這個社會也需要各行各業。現在，老師先跟大家分享一下，在老師小的時候，就跟你們差不多大的時候，我對自己的『二十年後』是怎麼想的……」

陳老師告訴大家，她的媽媽也是小學老師，因為當年算是高齡產婦，是在快要四十的時候才生下自己，所以在自己跟大家現在差不多大的時候，媽媽已經是一位非常資深的老師了。

陳老師說：「小時候有一件事令我印象很深刻，那就是每逢教師節和過年的時候，總會有一些媽媽從前教過的學生來看她，這些人明明都已經是大人了，聽說有的人在工作方面的表現還很出色，可是我看他們對媽媽都還是那麼恭恭敬敬，也都還是很有感情，而在經過了那麼多年以後還能夠被自己的學生記住，我看媽媽也是一副很幸福的樣子，這真的讓我覺得很羨慕，我就想，當老師真好，將來等我長大以後，我也要當老師！」

陳老師接著又告訴大家，小時候在自己的同學中，有的對將來沒什麼想法，只想趕快長大就好了，也有的會對將來有一個比較明確的目標，譬如自己就是屬於這一類，比較早就有了將來想要當老師的想法，現在大家都長大了，都有了各自的工作崗位，不久前在一個聚會上碰到了很多老同學，大家聊起來後就會發現，有的人長大以後真的就是在做自己小時候想要做的事情，但是也有很多人儘管也嘗試過，然而後來都放棄了。

這就是陳老師這天想要跟小朋友們分享的一個體會；陳老師覺得，自己年紀愈大，愈來愈能體會為什麼有人會說

「堅持就是勝利」，因為在認準了方向以後，接下來最重要的就是要能夠堅持。

緊接著，陳老師又問大家有沒有過一些半途而廢的經驗，不妨說出來和大家一起分享。

巧慧說，在自己上幼兒園的時候，嬸嬸送過自己一個陶笛，當時曾經想要學過，但是好像才剛剛開始學就碰到了什麼事，然後就中斷了。

陳老師說：「聽起來這好像還不大算是半途而廢，也許當時真的有麼事打斷了，那有機會的話還是可以再學學看。」

李家富說，去年他曾經學過國際象棋，但是沒學多久就放棄了。

陳老師說：「那也許是因為你對國際象棋的興趣不大，不妨試試看學學別的，比方說圍棋。」

譚興文說，曾經想要親手縫一個娃娃送給小表妹，但是才剛剛縫了一個光凸凸的腦袋就覺得好醜，然後就放棄了。

陳老師問：「那個時候你多大？」

譚興文想想，「應該是小一還是小二的時候吧。」

「那你現在可以再試一下啊，」陳老師鼓勵道：「你現在在這方面的能力一定比兩、三年前要厲害得多啦。」

李樂淘說，曾經收到過一個很棒的機器人組合玩具，但是很難拼，才剛剛拼好機器人的一隻手臂就累死了，然後就收藏起來了。

陳老師也鼓勵李樂淘，不妨找時間再試試看。

陳老師還建議：「暑假馬上就要到了，不妨就在暑假的時候把它完成吧。」

同學們都分享了很多，輪到繽繽的時候，繽繽說：「我曾經很想要學騎腳踏車，也吵著爸爸媽媽買了一輛腳踏車給我，可是我還沒有學會怎麼騎就放棄了……」

繽繽不禁心想，如果按爸爸所說，「小馬」是暗示著「小鐵馬」、暗示著那輛粉紅色的腳踏車，那麼自己之所以會夢到那匹粉紅色的小馬，一定就是來自於這一堂的分享課吧。因為，在她說完以後，陳老師就像建議李樂淘不妨趁著暑假來拼好那套組合玩具一樣，也建議自己不妨趁著暑假學會騎腳踏車。

想到暑假就快到了，繽繽的心裡不禁有些懷疑，我可以嗎？我學得會嗎？

特殊的暑假作業

過了幾天，陳老師說：「我仔細看完了大家所寫的〈二十年後的我〉，大家都寫得很不錯，很有意思，看得出來都是大家的真心話。作文最要緊的就是要寫真心話。虛情假意沒意思，而且也寫不好。」

緊接著，陳老師就念了幾篇作文，全班同學都饒富興致的專心聆聽。

二十年後，我是一個攝影師……
我經常背著一個相機跑來跑去……
我最擅長拍攝的就是鄉間景色……
我希望能夠用相機紀錄老家的四季，然後辦一項攝影展，我們老家的小溪、田埂、林間小徑，都是最美最美的……

——這是巧慧所寫的。

我從小就很喜歡小動物，二十年後，我開了一家寵物醫院……

我對我的病人，就是那些可愛的狗狗呀貓咪呀小烏龜呀小倉鼠呀等等，都很有耐心，雖然我不像杜立德醫生能夠直接跟小動物們對話，讓它們直接告訴我哪裡不舒服，但我相信我一定還是能夠很快的把它們給醫好，和照顧好。

我也會提醒小朋友，養寵物一定要有責任感……

——這是繽繽的作文。

二十年後，我開了一家偵探社……

我最擅長從別人都沒有注意到的細節去分析線索、尋找線索……

不過，我比較想幫人家找東西，我不想接那些凶殺案……

只要有柯南和金田一出現的地方就會死人，只是柯南每次一出現是死一個人，金田一是要死一堆人，我希望我出現的時候不會死人……

——這是李樂淘關於自己二十年後的設想。

二十年後，我已經是一個滿有名的服裝設計師……

雖然我是男生，但是我從小就對縫紉很有興趣，在我念三年級的時候，我就告訴爸爸媽媽，說我將來想要當一個服裝設計師，爸爸把我罵了一頓，說哪有男生將來要當服裝設計師，可是媽媽卻說很多很棒的服裝設計師都是男生，幫美國總統歐巴馬太太設計服裝的就是一個男生……

——這是譚興文的作文。

陳老師一連念了好幾篇作文，大家感到最有興趣的還是因為這個機會聽到了各式各樣的想法，知道了原來同學們對於未來是這樣想的，有好些想法都讓大家感到很新鮮，譬如李樂淘居然說將來長大以後想要當偵探，譚興文想要當服裝設計師，李家富想要開珍珠奶茶連鎖店，黃靜敏想要寫流行歌……

陳老師告訴大家，雖然大家現在年紀還小，對於將來的理想自然不免會變來變去，譬如李樂淘曾經說將來要開一家「樂淘淘玩具店」，現在又說想當偵探了，又譬如劉

巧慧以前說過將來想要開珍珠奶茶連鎖店，現在又打算要當攝影師，反而是李家富想開珍珠奶茶連鎖店了……不過，陳老師說，她還是會把全班同學這次所寫的〈二十年後的我〉

統統都保存下來，用一個檔案夾小心收藏起來，等到二十年後，再來看看大家到時候都在做些什麼？就算因為二十年後大家還算是相當年輕，或許還沒有來得及累積出一定的成績，但是至少在二十年後應該可以看得出一個方向了吧。

陳老師再次強調，只要有了方向，接下來就是堅持和努力，只要努力，假以時日就一定可以慢慢累積出一點成果的，而不管大家到時候是做什麼工作，只要都是兢兢業業，認認真真，就是一種成功。同時，除了以堅持來追求夢想之外，陳老師說更重要的當然還是希望大家永遠都能堅持走正道，永遠堅持要做一個好人，只要是好人，就是對社會的貢獻。

最後，陳老師說：「暑假快到了，希望大家在暑假期間選定一個重點目標，比方說想要學一樣什麼東西，然後在定下目標之後，堅持完成。堅持的精神，是可以從生活中慢慢的去培養和鍛鍊的。等到開學以後，我們再來一起分享，看看暑假期間大家都做了哪些特別的事，好嗎？」

重點目標
堅持完成

約定

繽繽下定決心一定要在暑假學會騎腳踏車。

為了鼓勵繽繽，死黨巧慧還說等繽繽學會騎腳踏車以後，要特別為繽繽舉辦一個慶祝活動。

活動的內容，巧慧都已經想好了，那就是——邀幾個比較要好的同學，大家一塊兒騎腳踏車去一座剛剛啟用不久的休閒公園玩。巧慧已經去過那個公園，她說從公園的入口處就可以看到一條腳踏車專用道，沿著整個公園剛好繞一圈，專用道的兩旁都是樹，在樹蔭下一路的騎，騎起來很舒服。

不過，那座休閒公園在城市的另外一頭，續續很疑惑，到時候難道是要騎著腳踏車橫跨整個城市嗎？還要經過市中心？這個爸爸媽媽恐怕不會答應吧！

「那到時候我們就先推著腳踏車搭捷運好了，等到了再騎。」巧慧說。

在休閒公園門口剛好就有一個捷運站，巧慧的意思是，腳踏車先用推的，等到了公園再開始騎就好了。

「好啊，那一定很棒！」繽繽很開心。

巧慧還立刻就對幾個好朋友發出了邀約。

黃靜敏很意外，對繽繽說：「啊，你怎麼還不會騎腳踏車啊？你不是早就說要學了嗎？」

「這個暑假一定會學的啦。」繽繽不好意思的說。

不料，李家富說：「沒關係，就算你還是學不會，去公園騎腳踏車這個活動還是可以照樣舉行，到時候叫李樂淘載你就好了。」

李樂淘紅著臉，不高興的說：「幹麼你不載叫我載啊！」

「當然應該是你載，因為——哎喲！」

李家富的話還來不及說完，就被李樂淘氣急敗壞的捶了一記。

「幹麼捶這麼大力啊！」李家富抗議道：「我是要說『因為你最胖』，難道我說錯啦，胖的人力氣本來就是最大的嘛！」

李樂淘一臉尷尬，但還是嘴硬道：「活該！誰教你不講清楚！」

這時，繽繽說：「放心吧，我才不要別人載，我一定要自己騎，我一定要學會騎腳踏車！」

巧慧說：「那就這麼說定了，我們這個活動最遲在開學前一定要舉行。繽繽，看你的了，你一定要加油啊！」

「一定！」繽繽現在還滿有信心的。

就在放暑假的前一天，繽繽到儲藏室把那輛粉紅色的腳踏車給搬出來。

之前奶奶把它收起來的時候，特別用一大塊布把它罩起來，怕它積灰塵，這一招果然很有用，現在，繽繽只要把那塊布一掀開，粉紅色的腳踏車立刻露出它可愛的樣子，簡直就跟新的一樣。好久以前繽繽摔下來的那一次，雖然當時把鏈子都弄掉了，但是爸爸其實早就幫她都修好了，還一直鼓勵她再接再勵，只是後來繽繽死活都不肯再試就是了。

現在，繽繽一會兒摸摸手把下面粉紅色的流蘇，一會兒又摸摸那個粉紅色的座墊，滿懷期望的想著：「這個暑假，我一定要學會騎腳踏車！」

繽繽甚至還想著，如果自己能夠早一點學會騎腳踏車，也許跟大家一起去休閒公園騎腳踏車的約定就可以提早實現，並且在開學前還可以多舉行幾次呢。

挫折

繽繽垂頭喪氣的牽著粉紅色的小馬獨自在森林裡走著。

森林裡好安靜好安靜，除了小鳥的叫聲，以及自己和小馬踩著落葉前進的聲音，幾乎什麼聲音也沒有。

而那些小鳥呀，它們的叫聲怎麼那麼奇怪，那個調子聽起來怎麼那麼像「是誰摔下來了？是誰摔下來了？」——這是怎麼回事啊？

難道這些小鳥在笑我嗎？繽繽有些懷疑，想著想著，氣惱的自言自語道：「討厭！真是多管閒事！」

然而，就在這個時候，粉紅色的小馬停下來，轉過頭來，用一雙大眼睛無邪的看著繽繽，竟然開口說了人話——

「你不要怕嘛，再來嘛。」

「我不要，」繽繽說：「你都不聽我的話，你都故意把我摔下來。」

「冤枉冤枉，真冤枉！」小馬說：「我怎麼會故意把你摔下來，我也很想聽你的話呀！」

說著，小馬竟然就非常利落的趴了下來，一迭聲的說：

「這樣你就上得來了吧，快上來吧！」

繽繽說：「奇怪，你怎麼會這樣趴著？我還以為只有駱駝才會這樣趴著，你又不是駱駝——」

就在這個時候，明明在半秒鐘之前還那麼清清楚楚的粉紅色的小馬、森林、以及惱人的鳥叫聲……一切的一切，一下子統統都忽然不見了，就好像是有人突然關掉了電視機的開關，整個螢幕上的畫面在一轉瞬間就什麼都沒有了。

繽繽睜開眼睛，看到自己好端端的躺在床上，床頭櫃上的小鬧鐘指著七點一刻，原來剛才又是在做夢。繽繽坐了起來，在下床的時候，明顯的感覺到了疼痛，低頭一看，看到自己的右小腿有一塊新鮮的傷口，上面還擦了紅藥水。

「唉，我怎麼會這麼笨呢？」繽繽忍不住的想著。

方才在夢裡，她那種喪氣的感覺是那麼的真實，繽繽想都不用想就知道那種感覺是怎麼來的；因為，就在昨天，就在放暑假的第一天，爸爸陪她在社區廣場練習騎腳踏車的時候，繽繽又摔了一跤，還把右小腿摔得都破皮了。

就在繽繽盯著自己右小腿上紅紅的破皮的地方時，爸爸來敲她的房門。

「乖，爸爸進來嘍。」

爸爸推門進來，微笑的說：「寶貝起來啦，今天要不要再去練練？」

繽繽當然知道爸爸的意思是說，要不要再去練練怎麼騎腳踏車，於是馬上搖頭，並且皺著眉頭，十分認真的問：

「爸爸，我是不是很笨？」

「怎麼會！你別這樣想啦，其實絕大多數的人在學怎麼騎腳踏車的時候都會摔跤的，摔個幾次就會了。」

「可是我都已經摔了兩次了，怎麼好像還是一點概念也沒有！」

「可能是因為你的運動神經比較遲鈍吧，也或許是因為你這兩次摔跤的時間隔得太久了吧！」爸爸半是玩笑、半是認真的說。

「真的嗎？」繽繽則是半信半疑。

「當然是真的。走吧，我們今天再去練練。」

「我——我的腿還很痛！」

「你勇敢一點啦，」爸爸說：「要不然我後天就要出去參加研習，然後又要加班，這麼一來又要好長一段時間不能陪你練了，如果你這次又是一摔就放棄，下次又是隔了好久以後才想到再練，到那個時候搞不好就全部又統統都忘記了，下次再練的時候搞不好又要摔跤了！」

可是，不管爸爸怎麼說，繽繽對於摔跤還是心有餘悸。

這天，繽繽說腿上的傷口還很疼，怎麼也不肯再去練。

過了兩天，爸爸真的出門參加研習去了。繽繽練習騎腳踏車的事就這麼自然而然的又被暫時擱置了下來。

森森的腳踏車

就在爸爸出門去外地的那天下午，樓下的小芳鄰森森跑上來找繽繽。

「姊姊，陪我去廣場騎腳踏車好不好？」森森笑咪咪的說。

繽繽吃了一驚，「哦，你什麼時候會騎腳踏車了啊？」

「不是啦，是有兩個小輪子的。」

原來是後輪加了兩個輔助輪的意思。

「那你什麼時候有腳踏車了啊？」繽繽又問。

她實在很納悶，念幼兒園的大班的小森森一直是繽繽的小跟屁蟲，兩個人就像是親姊弟一樣，感情非常好，森森不管有什麼事都會在第一時間告訴繽繽，可是最近繽繽根本就沒聽說森森有了腳踏車呀。

森森開心的說：「是爸爸昨天回來以後買給我的。」

原來如此。

森森的爸爸是科研人員，平常幾乎都在外地，難得回來，為了爸爸這一趟回來，森森已經興奮很久了，因為森森聽媽媽說，爸爸這次休假的時間比較長，可以在家裡待比較久。

繽繽很快的先下樓看了一下森森的腳踏車，這輛腳踏車只比繽繽那輛粉紅色的腳踏車矮那麼一點點，差別不大，整輛腳踏車的底色是藍色的色調，座墊上面還有一個王子模樣的小男孩，騎在一隻跳躍的海豚身上，開懷大笑，一副挺神氣的模樣。

「姊姊，走吧，陪我去廣場騎。」森森說。

繽繽一口答應，可是也好奇的問：「你爸爸呢？他不是回來休假？那不是應該在家？」

繽繽是想，森森的爸爸那麼疼他，就像爸爸那麼疼自己一樣，一定會願意陪森森去騎腳踏車的呀。

「他出去看朋友了，他說回來後就陪我去騎，可是我等不及。」

不久，繽繽就陪著森森來到了廣場，看著森森一圈又一圈的騎著嶄新的腳踏車，繽繽忽然有一個念頭，如果——

如果她也要爸爸幫她把粉紅色腳踏車的後輪也裝上輔助輪……

繽繽想像著那樣的畫面——唉，真有一種慘不忍睹的感覺。

畢竟，她現在是小四了，輔助輪好像都是給像森森這個年紀的小朋友裝的，如果她還騎著有輔助輪的腳踏車，就好像是在騎三輪車一樣的話，好像實在是太難看啦。

想到這裡，再看著騎得那麼興高采烈的森森，繽繽忽然打心底的覺得——哎，還是當小孩子好，要是能夠一直都是小孩子就好了！

問題是，當她還像森森這麼大的時候，對於腳踏車還一點興趣也沒有哪。

當天晚上，繽繽又做了一個關於粉紅色小馬的夢。

還是在那片被濃霧所籠罩的森林裡，繽繽站在小馬的旁邊，左手拉著韁繩，右手拍拍小馬厚實的脖頸，正在猶豫著要不要上馬的時候，小馬又跟自己說話了。

「你到底要不要上來呀！」小馬說。

不過，小馬的聲音聽起來充滿著鼓勵，不像是在不耐煩的催促。

「我還在想嘛——」繽繽回答。

忽然，響起一陣呼拉拉的聲音。

「奇怪，什麼東西走在森林的落葉上會發出這樣的聲音？」繽繽很納悶。

答案馬上就揭曉了。

只見一輛由一匹小馬所拉的小馬車從濃霧裡走了出來。駕著小馬車的車夫，繽繽認識——不，豈止是認識，根本是一個熟人！——原來，是小森森呀！

森森笑咪咪的說：「姊姊，要不要我載你呀？」

就在這時，繽繽醒了。

一坐起來，看到社區裡負責掃院子的那個大叔，正推著清潔車經過，清潔車的輪子摩擦著地面，發出了一陣呼啦啦的聲音。

接二連三的刺激

在暑假已經過了半個月的時候，李樂淘過生日，請了好幾個同學來家裡玩。

那天中午，李樂淘的家裡好熱鬧，李媽媽準備了好多的糖果點心，一直要大家盡量的吃，別客氣。

在李樂淘的書桌上，站著一個個頭滿大的機器人。這個機器人看起來好精緻，不但背上的翅膀好細好細，每一片羽毛都是一個小小的零件，機器人的每一根指頭、每一個關節都可以動，也是用一個一個小小的零件拼出來的。

李樂淘說，為了拼這個機器人花了好多時間，是最近一兩天才拼好的。

繽繽慢慢才聽出來，原來這就是之前李樂淘在分享課上提過的那個組合玩具，繽繽還記得當時李樂淘說這個玩具很難拼，他才拼了一點就先放在一邊，繽繽也記得當時陳老師有建議李樂淘不妨趁著暑假把這個組合玩具完成。

「原來他還真的拼好了呀。」繽繽心想。

接下來，從閒聊中，繽繽發現，暑假雖然僅僅只過去半個月，但是大家好像都已經頗有成果。除了李樂淘拼好了他的機器人，譚興文說他為表妹縫了一個在日本漫畫裡常見的「晴天娃娃」，娃娃的五官包括那個嘴角上揚的秀氣的小嘴，不是用畫的，而是用絲線縫出來的；李家富說他正在學圍棋，還說沒想到原來圍棋會這麼好玩；巧慧說已經會用陶笛吹幾首簡單的曲子，現在正在挑戰比較難的曲子……

繽繽漸漸意識出好像都是之前在分享課上，大家提過的曾經做了一半就放棄的事，當時陳老師還建議大家不妨趁著暑假來完成或是調整一下方向的。

「原來大家真的都做了呀。」繽繽有些意外，也有些慚愧。

因為，她想起自己本來說這個暑假要學會騎腳踏車的——

突然，李樂淘也想起來了，關心的問：「林齊繽，你的腳踏車學得怎麼樣了？」

繽繽好尷尬，不知道該怎麼回答。巧慧或許是感覺到繽繽有一點窘，就脫口而出道：「差不多會了！」

「那我們什麼時候一起去騎腳踏車？」李樂淘又問。

繽繽想起來，對呀，本來大家是約好等自己學會騎腳踏車以後，要一起去那個有一圈腳踏車專用道的休閒公園騎腳踏車的。

這麼一想，繽繽不想讓大家覺得自己因為摔了一跤又放棄，她覺得自己不是放棄呀，只是暫時先放一放——於是，就硬著頭皮說：「快了快了，讓我再練練吧。」

這天，在李樂淘家，看到大家都那麼棒，都做了好多事，再想到自己之前說要在暑假學會騎腳踏車的「宏願」，對比之下，繽繽真有一種「飽受刺激」的感覺。不過，讓繽繽感覺到更受「刺激」的，還是在稍後一回家，在上樓的時候，小森森居然一聽到她的腳步聲，馬上就拉開大門，站在樓梯間興高采烈的告訴繽繽，他不需要那兩個輔助輪了，爸爸已經幫他把腳踏車後輪的輔助輪拆掉了。

森森宣布：「我會騎腳踏車啦！」

「啊，你怎麼這麼厲害啊！」繽繽又是意外，又是讚嘆，當然，也十分羨慕。

森森笑咪咪的說：「沒什麼啦，只要不怕就好了。」

「那你有沒有摔跤啊？」

「有啊，摔了三次，只是有一點痛，沒破皮。」

「奇怪，為什麼我一摔就會破皮啊？」繽繽好懊惱。

森森一聽，馬上熱心的想要幫繽繽分析，「姊姊，會不會是因為你愈怕，就愈容易摔跤？」

是嗎？繽繽心想，真的是自己愈怕就愈容易摔跤？是不是也就是因為這樣，愈怕摔得也就愈是嚴重？真的是這樣嗎？

奶奶教練

繽繽回到家，衝回房間立刻把參加生日會所穿的小洋裝換下來，換上那件有背帶的牛仔褲。接著，又去儲藏室。

奶奶問：「繽繽，你要找什麼？」

「沒什麼啦，我只是想去廣場練腳踏車。」

「現在嗎？這麼急幹麼？為什麼不等到禮拜天你爸爸比較有空的時候再陪你去練？」

「沒關係啦，我自己去練就好了，反正爸爸也說過，我就是太膽小了。」

爸爸是這麼說過。爸爸告訴繽繽，要怎麼保持龍頭的平穩，這完全要靠自己想辦法來琢磨和體會，別人怎麼教也教不來，爸爸還說，其實學騎腳踏車一點也不難，只要在跳上腳踏車以後別那麼膽小，不要每次龍頭一晃就放棄，應該愈晃愈是要趕快繼續向前騎，這樣反而會比較容易找到平衡，也很快就可以學會了。

現在，繽繽決心一定要克服心理上的障礙，絕對不要再那麼膽小了，要不然就永遠學不會！

看續續這麼堅持，奶奶考慮一下以後說：「那我陪你去吧，不過，我可沒辦法在後面追著你跑喔。」

是啊，前兩次爸爸都說要續續只管騎，他會在後面跟著跑的，只是續續根本沒給爸爸在後面跑的機會，她總是在龍頭一晃的時候，心裡就很害怕，然後就摔倒了。

奶奶幫著續續把那輛粉紅色的腳踏車抬下樓。然後，續續自己推著腳踏車往廣場前進。

可能是因為天熱，大家都躲在冷氣房裡吹冷氣，所以廣場上沒什麼人，正好很適合練習。

繽繽跨上腳踏車，兩手握緊龍頭。

「要不要我幫你在後面推一下？」奶奶問。

「好啊，一開始的時候，爸爸都有幫我在後面輕輕推一下。」

奶奶笑了，「輕輕推一下恐怕不夠吧，你爸爸小時候在練習騎腳踏車的時候，一開始我都是在後面幫他重重的推一把。」

是嗎？在一開始的時候應該要重重的推嗎？繽繽也不知道。

「準備好了嗎？」奶奶問：「我要推嘍，等一下我一把你推出去，你就趕快踩踏板，踩得快一點，不要怕，愈慢反而愈不穩，然後就盡量保持平衡就是了，明白了嗎？」

「明白了。」

繽繽隨即又在心裡提醒自己，不要怕，要踩得快一點，愈慢反而愈不穩，要盡量保持平衡……

「預備——走！」奶奶大喝一聲，用力一推，繽繽就開始掙扎。

「快一點，快一點！愈慢愈不穩！保持平衡！」奶奶在後面大叫。

繽繽咬著牙撐著。

說來也真是奇妙，之前繽繽雖然摔過兩次，每一次摔跤都造成了一點皮肉傷，但是現在看來除了皮肉傷好像也還是在不知不覺之間累積了一點無形的經驗，這些經驗在今天產生了作用，使她一下子好像就突然掌握到了一點辦法，知道到底應該怎樣來保持平衡；也或許真的只是因為今天她終於克服了心中的恐懼，並且堅持著絕不輕易下來，結果還就真的奇蹟般的琢磨出了一點要領。總之，只見繽繽歪歪斜斜的掙扎，就像一個喝醉了酒的人似的，然後，在掙扎了一陣子之後，情況明顯的不一樣了！

如願以償

晚上，爸爸媽媽一回來，繽繽馬上大聲宣布：「我會騎腳踏車啦！」

下午當小森森這樣向自己宣布時，那種自豪和快樂，此刻繽繽是多麼的能夠體會，因為她現在也正是同樣的感覺呀！

「真的？你會騎腳踏車了？好厲害！」媽媽說。

爸爸也說繽繽好厲害，然後又問：「你是怎麼忽然會騎的呢？」

「奶奶教我的，」繽繽說：「一開始是奶奶很用力的把我給推出去。」

「真的？」爸爸好驚訝，隨即又對奶奶說：「媽，你真厲害！還是你厲害！」

「是啊，」媽媽也對奶奶說：「能夠讓我們嬌滴滴的小公主不怕疼，不怕摔，居然真的學會了騎腳踏車，真是不簡單！我還以為那輛腳踏車只能一直擺在那裡看了呢。」

奶奶笑著說：「是繽繽自己想學才學得會啦。」

這天晚上，繽繽差不多是笑著入睡的（當然，是嘴角含笑）。

粉紅色的小馬再度入夢。

還是一片深林，但是這一次，濃霧不見了，繽繽可以清清楚楚的看到四周的大樹，以及眼前的小徑。這一次，繽繽終於也不再只是牽著小馬了，而是非常難得的騎在小馬的身上，悠哉悠哉的在森林裡漫步。她低頭一看，驚訝的發現自己居然是穿著長長的裙子，再一摸摸頭上，喲，還戴著一頂帽子哪。繽繽猜想，自己現在看起來一定很像一個歐洲的小公主，就像她在一些書上看到過的插畫一樣。

「高興嗎？」小馬問道。

「嗯，很高興！」

「喜歡的話就多騎一會兒好了。」

「好呀，我也正這麼想——」

可是，也不知道是怎麼回事，忽然毫無來由的下起了傾盆大雨，就好像是老天爺忽然打開了水龍頭的開關似的，於是，在上一秒鐘之前還是相當優雅的林間散步突然就變成了雨中漫步，而且還是在大雨中漫步——

繽繽醒過來的時候，發現窗外正在下著大雨。

「啊，好可惜！」繽繽心想。

繽繽原本還打算今天要去廣場繼續練習騎腳踏車，甚至還跟森森約好要一起去騎腳踏車的呢，她本來是希望這幾天能夠再多練一練，等到練得比較熟了，有把握了，也許下個禮拜就可以約大家一起去休閒公園騎腳踏車。

「如果今天一直下雨就騎不了了，真希望這個雨能夠趕快停下來！」繽繽想著。

不過，就算今天天氣不好，不能去練習騎腳踏車，繽繽也不會太擔心，因為，雨總不會一直下，只要雨一停，只要天氣情況允許，她就可以立刻去練習。畢竟，她已經算是會騎腳踏車啦，繽繽知道，接下來只要她堅持練習，騎腳踏車的技巧總會愈來愈純熟的。「熟能生巧」嘛，陳老師總是一再跟大家這麼說，說不管什麼事都是能夠熟能生巧的。

想到陳老師，繽繽又想，等開學以後，當陳老師問起大家的暑假生活，或者要大家寫一篇關於暑假生活的作文時，她也會有很棒的題材可以寫或是可以跟同學們分享

啦；在這個暑假，她終於學會騎腳踏車了，以後她終於也可以騎著這輛可愛的粉紅色的小鐵馬，悠哉悠哉的騎來騎去到處溜達啦，真的好棒啊！

國家圖書館出版品預行編目資料

粉紅色的小鐵馬／管家琪文．陳維霖圖.--初版．--
臺北市：幼獅，2016.06
面；公分. --（故事館；43）
ISBN 978-986-449-046-2（平裝）

859.6　　105006574

・故事館043・
粉紅色的小鐵馬

作　　者＝管家琪
繪　　者＝陳維霖
出 版 者＝幼獅文化事業股份有限公司
發 行 人＝李鍾桂
總 經 理＝王華金
總 編 輯＝劉淑華
副總編輯＝林碧琪
主　　編＝林泊瑜
編　　輯＝周雅娣
美術編輯＝李祥銘
總 公 司＝10045臺北市重慶南路1段66-1號3樓
電　　話＝(02)2311-2832
傳　　真＝(02)2311-5368
郵政劃撥＝00033368

門市
・松江展示中心：10422臺北市松江路219號
電話：(02)2502-5858轉734　傳真：(02)2503-6601

印　刷＝祥新印刷股份有限公司
定　價＝260元
港　幣＝87元
初　版＝2016.06
書　號＝984208

幼獅樂讀網
http://www.youth.com.tw
e-mail:customer@youth.com.tw
幼獅購物網
http://shopping.youth.com.tw

行政院新聞局核准登記證局版臺業字第0143號